Le CHANSONNIER LIBÉRAL?

Par Bonvalot,

PROFESSEUR AU COLLÉGE CHARLEMAGNE,
AUTEUR DE L'HOMMAGE AU PEUPLE.

PREMIÈRE LIVRAISON.

PARIS,

CHEZ LES MARCHANDS DE NOUVEAUTÉS.

1830.

PARIS, IMPRIMERIE DE DECOURCHANT,
Rue d'Erfurth, n° 1, près de l'Abbaye.

LE CHANSONNIER LIBÉRAL.

MA LYRE.

Air : *Vous voulez, charmante Azélie.*

Saisi d'un amoureux délire,
Il faut chanter, me dis-je un jour,
Et je veux chanter sur ma Lyre
La douce puissance d'Amour.
En proie au feu qui me dévore,
Je disais : « Enfant redouté !... »
Mais ma Lyre mâle et sonore
Chante : « Liberté ! liberté !.... »

Surpris de ce caprice étrange,
La Lyre échappe de mes doigts,
Et sur les cordes que je change,
Soudain je veux chanter les rois.
Disons leur pouvoir tutélaire,
O ma Lyre, et leur majesté !...
Ma Lyre frémit de colère,
Et dit : « Liberté ! liberté !... »

Aux jours brillans de la jeunesse,
Où, papillon vif et léger,
A longs traits buvant l'allégresse,
L'homme ne vit que pour changer,

Je voulais célébrer les belles,
Le vin, la gloire, la gaîté :
Fol espoir ! les cordes rebelles
Toujours chantaient la liberté !

Lyre étrange ! Lyre intraitable !
Te faut-il un sujet nouveau ?
Pour vaincre ta force indomptable,
Est-il sujet plus grand, plus beau ?
O Lyre, chante la patrie !
La patrie et l'humanité !...
Grand Dieu ! ta voix encor me crie :
« La Liberté ! la liberté ! »

Chante, chante donc, ô ma Lyre !
Chante l'idole des grands cœurs ;
Inspire aux mortels un délire
Qui toujours les rendit vainqueurs.
Un Dieu se révèle à mon âme.
Amour, patrie, humanité,
Vous n'êtes qu'une même flamme
Qui brûle dans la liberté !...

Lyre, quels nuages funèbres
Noircissent au loin l'horizon !
Vois quelles épaisses ténèbres
Étouffent l'humaine raison.
Le monde, sapé dans sa base,
Par les dieux est-il rejeté ?
Mais ma Lyre toute en extase :
« Debout ! debout ! ô liberté ! »

Quels cris ont frappé mon oreille ?
C'est-elle, je n'en doute pas.
Un grand peuple à sa voix s'éveille ;

La terre tremble sous ses pas.
O jour d'étonnante mémoire !
Raison, patrie, humanité,
Vous triomphez par la victoire
Que remporte la liberté.

LES TROIS COULEURS.

Air : *Le premier pas.*

Aux Trois Couleurs
Consacrons notre hommage !
A leur aspect tressaillent tous les cœurs !
Dans les trois jours de deuil et de carnage,
Qui du grand Peuple enflamma le courage ?
Les Trois Couleurs !   (*bis.*)

Aux Trois Couleurs
Marchent les trois Journées,
Groupe éclatant d'éternelles splendeurs !
Contre les cours, autrefois déchaînées,
Qui sut, pour nous, fixer les destinées ?
Les Trois Couleurs !   (*bis.*)

Les Trois Couleurs
Paraient Jemmape, Arcole,
Et, quarante ans, nos fiers triomphateurs.
Du Tage au Nil, du Nil au Capitole,
Comme l'éclair, qui court, vole et revole ?
Les Trois Couleurs !   (*bis.*)

Les Trois Couleurs
Que notre France adore,

Du monde entier vont nous rendre vainqueurs.
Du nord au sud, du couchant à l'aurore,
Quel peuple est libre, et qui, joyeux, n'arbore
Les Trois Couleurs ?...   (*bis.*)

Aux Trois Couleurs
Dans les deux hémisphères
Depuis long-temps s'attachent les grands cœurs.
Qui, sous les cieux, éteint toutes les guerres?
Et des humains ne fera que des frères?
Les Trois Couleurs !   (*bis.*)

LA PIPE RÉPUBLICAINE.

Air *de la Pipe de tabac.*

Oui, la Pipe est républicaine !
Saluons-la d'un chant d'amour;
Sous une hutte américaine
Autrefois elle a vu le jour.
Et pour l'un et pour l'autre monde,
Notre déité, depuis lors,
Devint une source féconde
D'inappréciables trésors.   (*bis.*)

A l'étranger, dans sa cabane
Que recouvre un feuillage épais,
L'humble habitant de la Savane
Offre le calumet de paix.
Heureux symbole, tu rends frères
Ceux que l'or rendait ennemis;
Et par toi les deux hémisphères
Ne comptent plus que des amis.

Que le fier sultan de Médine,
Dans l'accès d'un sombre transport,
D'un peuple jure la ruine
Et rugisse, en fureur, la mort !
Voyez : touche-t-il à sa Pipe ?
Adieu les funestes projets !
L'aveugle courroux se dissipe,
Et le peuple sommeille en paix.

Lorsque de ma bouche enflammée,
Autour de moi, par tourbillons,
Je lance une épaisse fumée
Qui s'envole aux bleux pavillons ;
Ce nuage est mon sanctuaire,
D'où, triomphant et radieux,
Je regarde en pitié la terre
Et plane et règne avec les dieux.

Là, saisi d'un mâle délire,
Je fais et la guerre et la paix ;
Je vois, aux accens de ma lyre,
Bondir les escadrons épais ;
Pour moi seul roule le Pactole,
Au monde je donne des lois,
Et, fier vainqueur au Capitole,
Marche sur la tête des rois.

La Pipe rend l'homme plus grave ;
Elle appelle à la liberté.
Jamais fumeur ne fut esclave,
La Pipe veut l'égalité (1).
Aussi, de Paris jusqu'à Rome,

(1) Témoin la lithographie où un élégant allume son cigare au brûle-gueule d'un chiffonnie.

I.

Oui, tout fourmille de fumeurs ;
Chaque nuage annonce un homme :
La Pipe a retrempé les mœurs.

En renouvelant mes pénsées,
La Pipe affermit mon cerveau :
Toutes les plantes éclipsées
Cèdent à ce bienfait nouveau.
Arbuste heureux et salutaire !
Au lieu d'encens sur les autels,
Tu dois régénérer la terre,
Brûle pour le bien des mortels.

Au babil l'esprit s'évapore ;
Par le silence on réfléchit :
Qui réfléchit pense et s'honore,
Et sous le joug bien moins fléchit.
Si l'esclavage se dissipe,
Foyer des révolutions,
Peuples, fumez : seule, la Pipe
Émancipa les nations.

LA PURGATION.

Air : *Sautez par la croisée.*

Puisque la grande Nation
D'elle-même ainsi se procure
Une heureuse purgation,
C'est à nous d'achever la cure.
Sinécuristes, cumulards,
Lèpres de la France épuisée,
Et vous, jésuites papelards,
   Sautez par la croisée.   (*bis.*)

Lâches suppôts de coups d'état,
Vous qui, toujours à la sourdine,
Vous prêtant à chaque attentat,
Travailliez à notre ruine ;
Aumôniers, juges-auditeurs,
Chancres de la France abusée,
Ménins, porte-cotons, recteurs,
   Sautez par la croisée.   *(bis.)*

Vous que les Franchets, les Laveaux
Recelaient au fond de leur antre ;
Vous, insatiables pourceaux,
Qu'engraissaient les truffes du Ventre,
Conseillers d'état, chambellans,
Des Capets antiquaille usée,
Vous tous, mirmidons sans talens,
   Sautez par la croisée.   *(bis.)*

De tous les coins et les recoins
Balayons l'engeance maudite,
Et que l'État, pour ses besoins,
N'accorde un prix qu'au vrai mérite.
Le sol fourmille de talens,
Et bien choisir est chose aisée ;
Que le reste, après les tyrans,
   Saute par la croisée.   *(bis.)*

LE BAPTÈME DE SANG.

1829.

Un homme, la Contre-Révolution personifiée, demandait, en 1815, une tête par commune; et comme il y a 35,000 communes en France, il lui fallait 35,000 têtes. Il arrive au pouvoir, et la France épouvantée l'entend qui s'écrie :

AIR : *C'est l'amour, l'amour, l'amour !*

« Oui, du sang ! du sang ! du sang !
    Qu'il coule !
  Et des têtes en foule !
Oui, du sang ! du sang ! du sang !
  Versons-le par torrent ! »

LES PÈRES DE FAMILLE.
Grands dieux ! de nouvelles tempêtes
S'obscurcit encor l'horizon...
Qui tient le glaive sur nos têtes ?
Les ennemis de la raison...
    Au bout de la carrière,
    Que nous peut leur courroux ?
    Leur fureur meurtrière
    Dirige mieux ses coups.
LES MINISTRES.
« Oui, du sang ! du sang ! du sang ! »
LES PÈRES DE FAMILLE.
Quel trouble ?
La rage redouble.

(9)

LES MINISTRES.

« Oui, du sang ! du sang ! du sang !
Versons-le par torrent. »

LES PÈRES DE FAMILLE.

C'est vous seule, jeune avant-garde,
Avant-garde du genre humain,
Que ce nouveau péril regarde,
Enfans, prenez l'affaire en main.
    Ennemis des lumières,
    Ils veulent à tout prix,
    Des enfans, des chaumières,
    Aveugler les esprits.

LES MINISTRES.

« Ah ! du sang ! du sang ! etc.

LES ENFANS.

Ah ! c'est donc nous, jeune avant-garde,
Avant-garde du genre humain,
Que ce nouveau danger regarde ?
Amis, prenons l'affaire en main.
    Ils provoquent la danse,
    Mes amis, commençons !
    Sous les yeux de la France,
    Allons, battons, chassons !

LES MINISTRES.

« Oui, du sang, du sang ! etc.

LES ENFANS.

Pour eux sont Mangin, la police,
Et Tartufe et la trahison,
Et les bourreaux, et la justice ;
Mais dans nos rangs est la raison.
    Fière et haute canaille,
    Toujours prête à férir,

Paraissez!... la bataille !
Il faut vaincre ou périr.

LES MINISTRES.

« Ah ! du sang ! du sang! etc.

LES ENFANS.

Cachés dans leur sombre repaire ,
Les brigands redoublent leurs cris.
Trop impuissans contre les pères,
Amis, marchons contre les fils.
    Allons , par deux , par quatre ,
    Héritiers des tyrans !
    Ensemble il faut nous battre...
    Mais ils sont dans nos rangs...

LES MINISTRES.

« Ah ! du sang! etc.

LES ENFANS.

L'erreur de ses ombres funèbres
Enfanta jadis tous les maux :
Amis , dissipons les ténèbres
Qui couvrent encor nos hameaux.
    Propageons les lumières !
    Leur jour consolateur
    Au sein de nos chaumières
    Répandra le bonheur !

TOUS.

Plus de sang ! de sang ! de sang !
        S'écrie
    La Terre attendrie.
Plus de sang ! de sang ! de sang !
    Jour heureux et touchant !

VIVE LA LIBERTÉ !

1825.

Air : *Le dieu des bonnes gens.*

Le fier torrent qui bondit des montagnes
Et l'aigle altier planant sur nos guérets,
Le cerf rapide à travers les campagnes
Et le lion dans les vastes forêts ;
Au sein des airs, sur la terre et les ondes,
Tout pousse un cri par les cieux écouté,
Un cri puissant que répètent les mondes :
　　Vive la liberté !....　　　(bis.)

Eh quoi ! grands dieux, du couchant à l'aurore,
Et des climats où règnent les hivers,
Jusqu'à ces champs qu'un ciel brûlant dévore,
Tous les humains gémissant dans les fers !
Grand Dieu ! d'où vient cette terreur muette ?
Et quelle honte, ô triste humanité !
Mais quoi ! tout bas, sa voix sainte répète :
　　Vive la liberté !....　　　(bis.)

Que mes regards percent la nuit des âges !
A la lueur de lugubres flambeaux,
Dans nos forêts, sur de lointains rivages,
S'offre partout la poudre des tombeaux ;
Et ces tombeaux, que souille la poussière,
A l'œil en pleurs montrent de tout côté
Ce noble cri retracé sur la pierre :
　　Vive la liberté !....　　　(bis.)

Quand tout-à-coup, au milieu de ces plaines
Où dès long-temps sommeillent les héros,

Brisant leurs fers, les généreux Hellènes
Marquent enfin la tombe à leurs bourreaux :
Et le Lombard, l'Ibère et Parthénope,
Comme eux foulant un sceptre détesté,
Avec transport font redire à l'Europe :
    Vive la liberté !....   *(bis.)*

Vœux superflus ! fille de l'ignorance,
Du privilége et de l'orgueil des rois,
Monstre effroyable, une triple alliance
Du genre humain foule aux pieds tous les droits.
Thémis se tait ; les lois n'ont plus d'empire ;
Et ce beau cri, jusqu'aux astres porté,
S'éteint partout ; dans tous les cœurs expire
    Le cri de liberté !....   *(bis.)*

Vaine terreur ! sur des rives lointaines
Elle fondait le règne heureux des lois.
De l'univers elle saisit les rênes,
Au genre humain elle rend tous ses droits.
La voyez-vous qui repasse les ondes ?
Au sein des airs quelle immense clarté !
Entendez-vous ce concert des deux mondes ?
    Vive la liberté !....   *(bis.)*

LES TROIS JOURS.

Un des jeunes princes à qui la couronne peut écheoir plus
tard , est conduit par son père dans Paris pendant ces
trois grands jours. C'est une utile leçon que ce père
courageux croit devoir donner à son fils. Ils causent
ensemble. Voici leur entretien.

AIR *des Trembleurs.*

LE PÈRE.

Entends-tu la fusillade?
Entends-tu la mousquetade?
Entends-tu la canonade?
De tous côtés quel fracas!
Jamais le dieu de la guerre
Pour épouvanter la terre
N'a déployé tel tonnerre.....
Nous sommes dans de beaux draps!.

L'ENFANT.

Mon papa, les bourgeois
Seront moulus mille fois.

LE PÈRE.

Non, vois-tu dans chaque rue
Ce peuple ardent qui se rue?
Son audace en est accrue ;
C'est un lion indompté.
En vain gronde la tempête,
Aux coups il offre sa tête ;
Il y court comme à la fête!
Quel feu pour la liberté!
Des enfans.... généraux !
Paris est donc tout héros !

L'ENFANT.

Oui, j'entends... le Louvre tonne,
Et la Grève, et Babylone.....

2

Mais une chose m'étonne :
Au milieu des citoyens,
En vain j'en cherche la piste,
Leur absence ici m'attriste ;
Pas un ! pas un royaliste !
Eux, nos si vaillans soutiens !
  Où sont-ils, les hiboux ?
Cachés au fond de leurs trous.....

LE PÈRE.

Leurs feux n'étaient que grimaces,
Et pourtant, toutes les places,
Et les places les plus grasses,
Et les grasses pensions,
Leur pleuvaient en abondance.
Quelle en est la récompense,
Quand il faut leur assistance ?
De lâches désertions !....

L'ENFANT.

Mon papa, ces bourgeois,
Oui, valent mieux mille fois !

LE PÈRE.

Mon fils, si le ciel l'ordonne,
Que tu montes sur le trône,
Place autour de ta personne
Ces bons et francs Libéraux.
Tous sont pères de famille ;
Vois, même sous la guenille,
Chez eux quel courage brille !
Non, point de godelureaux !

L'ENFANT.

Oui, papa, pour amis,
Je veux ces braves mal mis.

LE PÈRE.

Viens, on attaque le Louvre....

Voilà la porte qui s'ouvre.. .
Gare aux richesses qu'il couvre !
Quoi ! nul n'y porte la main !
Vois comme ils font la police !
Quel respect pour la justice !
Dieu du ciel, sois-leur propice !
C'est la fleur du genre humain !
Oui, mon fils, de tels cœurs
A jamais seront vainqueurs !....

LES DEUX FAUBOURGS.

Air : *Tra la la.*

Le noir démon des enfers
Nous avait forgé des fers,
Et pour nous les essayer
Il nous faisait fusiller.
Ah cagots ! ah cagots !
C'est bien digne des fagots !

Saint-Denis et Saint-Martin
Avaient perdu leur latin,* :
Saint-Antoine et Saint-Marceau
Vont les ramener sur l'eau.
Le ponpon ! le ponpon !
A ces vigoureux lurons !

Saint-Antoine et Saint-Marceau
Marchent ensemble à l'assaut.
Chacun d'eux comme un lion
Guide la rébellion !
Enfoncé ! enfoncé !
Le jésuite renforcé !

* Vous vous souvenez des massacres exécutés dans ces deux
rues, et dont on n'avait tiré aucune vengeance.

Ils ont balayé Paris ;
Et sans armes et sans cris
Ils avalent les palais
Comme d'autres un œuf frais !
 Assassins ! assassins !
Redoutez ces deux grands saints !

Dieu ! quel plaisir de les voir !
Comme ils faisaient leur devoir !
Au reste, point de jaloux :
Français, nous le faisions tous !
 Enfoncé ! enfoncé !
Ce Charles-Neuf renforcé !—

Dans le silence des lois,
Maîtres des palais des rois,
Rester purs de leur trésor,
C'est nous montrer des cœurs d'or !
 Gens d'argent ! gens d'argent !
Vive ! vive l'indigent !

Amans de la liberté
Chérissons la pauvreté ;
Elle épure les grands cœurs,
Qu'elle rend toujours vainqueurs
 La Fayette, Washington *
Lui durent tout leur renom.

Pour sauver le genre humain,
Amis, donnons-nous la main,
Et s'il le faut, donnons encor
Contre elle nouons-nous en faisceau
 Souverains, souverains !
Amans, adorez les rois !

* L'immortel La Fayette, l'homme des deux-mondes, était
pauvre avant [que] je crois que lui a offert, ou plutôt la dette dont
s'est redevable envers lui la République américaine. Chacun sait
aussi que Washington n'était pas très-fortuné.......

www.ingramcontent.com/pod-product-compliance
Lightning Source LLC
LaVergne TN
LVHW020422060726
842525LV00006B/2177